COCO-TOUPET,

ou

LE NOUVEL HYPPOLITE.

IMPRIMERIE DE F. BIRLÉ, RUE DES PIPOTS, N° 36.

1838.

GOGO-TOUPET,

ou

LE NOUVEL HYPPOLITE,

PARADE EN UN PETIT ACTE ET A GRANDES BÉTISES,

EN VERS BURLESQUES,

PAR GUSTAVE RAY,

ARTISTE DRAMATIQUE.

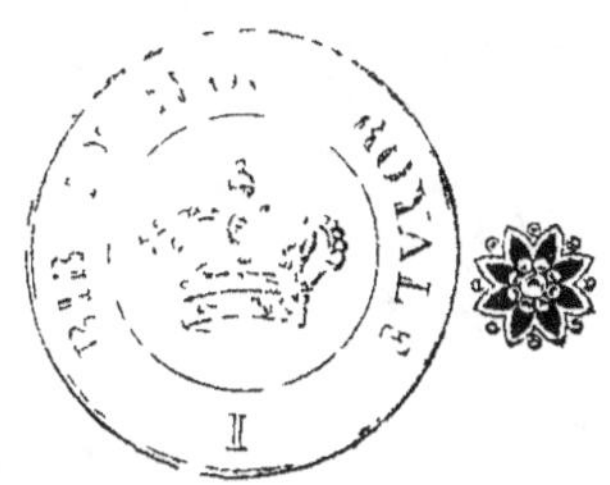

BOULOGNE,

CHEZ T. DÉBAILLON, LIBRAIRE,

RUE DE L'ÉCU, 23.

PERSONNAGES :

—

Roussel, perruquier . . . . M. Camille.

Coco-Toupet, son fils . . . . M. Albert.

Papillotte, femme de Roussel et belle-
mère de Coco . . . . M. Gustave.*

Barberousse, garçon perruquier. . . . M. Ferdinand.

Lilie, jeune ravaudeuse . . . . Mlle Vauclin.

* Ce rôle doit être joué par un homme.

la scène se passe à Paris.

COCO-TOUPET,

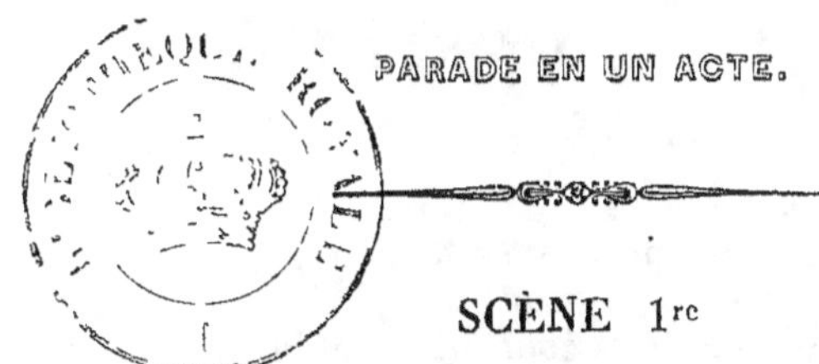

SCÈNE 1re

(Le théâtre représente une place publique. A droite la boutique
de Roussel.)

COCO-TOUPET, BARBEROUSSE.

TOUPET.

Le dessein en est pris, je pars, cher Barberousse,
A retrouver papa mon tendre cœur me pousse,
Voilà près de six jours qu'il quitta la maison,
J'en ignore la cause et même la raison.
J'entends déjà partout murmurer la pratique,
Et s'il ne revient pas, c'est fait de la boutique.

BARBEROUSSE.

Seigneur Coco-Toupet, sans nul espoir, je crains
Que vos soins sans succès, hélas! soient toujours vains.
J'ai parcouru déjà la superbe Courtille,
Où le nectar divin de tout côté pétille ;
De plus, j'ai visité le fameux Porcheron ;
Si couru par Vadé, si chanté par Piron ;
J'ai descendu les bords de l'antique Rapée
Qui pour la matelote est justement famée ;
Enfin j'ai voulu voir et courir tous les lieux
Dignes d'être habités par ce barbier fameux,
Et jamais....

TOUPET.

Que dis-tu? si plus long-temps je reste
C'en est fait de Toupet.... O passion funeste!
Mais tes yeux clairvoyans ne découvrent donc pas
Que j'égale en maigreur le plus mince échalas!

BARBEROUSSE.

Quoi! vous aimez, Toupet?

TOUPET.

J'idolâtre Lilie!!

BARBEROUSSE.

Lilie! ô jour affreux! quelle atroce furie,
Lasse de tourmenter les spectres malheureux,
Vint porter l'incendie en ce cœur généreux!
Ne vous souvient-il plus de ce jour mémorable,
Où l'illustre Roussel, par un sort détestable,
Reçut de Dutonneau ce fameux coup de poing,
Dont sans doute son œil n'avait aucun besoin.
Ces deux vaillans champions, depuis cette querelle,
Conçurent l'un pour l'autre une haine éternelle.
Par suite Dutonneau, père de vos amours,
Mourut de maladie.... et termina ses jours;
Mais malgré ce trépas Cadet Roussel sans r'proche,
Prétend garder sa haine autant que sa taloche;
Cette taloche, hélas! du fameux Dutonneau,
Il la conservera jusque dans le tombeau!
Que de malheurs, grand Dieu! j'entrevois dans la suite;
Si ce père n'est pas dans les eaux du Cocyte,
Souffrira-t-il enfin que sans permission
Son fils se soit épris de belle passion,
Et pour qui? pour la race à jamais exécrée
De celui dont la main sur son œil est marquée!!

TOUPET.

Ah! je ne sais que trop que papa, sans pitié,
Sacrifierait son fils à son inimitié!
O pleurs que je répands, ô douleur qui m'oppresse!
Volez jusqu'à Cythère aux pieds de la déesse,
Peut-être en vous voyant que son cœur généreux
Sera touché des maux d'un amant malheureux!
Pour toi, cher compagnon, va dire à Papillote
Que sans plus différer je pars par la galiote.

BARBEROUSSE.

Quoi! vous voulez?

Toupet.

Ami, porte-lui mes adieux.
J'aperçois mon objet, laisse nous en ces lieux.

(*Barberousse s'éloigne.*)

SCÈNE 2me.

LILIE, TOUPET.

Toupet.

Oui, je m'attendais bien, jeune et belle Lilie,
A vous voir ce matin plus fraîche et plus jolie.

Lilie.

Je reconnais Toupet à ce discours galant.

(*Soufflant dans ses doigts.*)

Couvrez-vous donc, seigneur, il fait un froid piquant.

Toupet , (*remettant son chapeau.*)

C'est pour vous obéir ; mais croyez bien, madame,
Que malgré le verglas ce cœur est tout de flamme,
Oui, ce cœur près de vous semble se consumer
D'un feu que sans souffler vous sûtes allumer !!

Lilie.

Ah ! mon ardeur pour vous est égale à la vôtre ;
Mais, hélas! sans espoir d'être un jour l'un à l'autre !

Toupet (*désespéré.*)

Sans espoir ! ô Lilie ! oh ! trop funeste sort !
Ah ! plutôt cinq cents fois... ou six cents fois la mort,
Si l'hymen avec vous.... D'où vient que je frissonne ?...
Dieu ! Toupet, qu'as-tu dit....? ô mon père, pardonne !!!
J'oubliais que ton œil est crevé pour jamais,
Et que par ce motif jamais tu ne verrais
De deux yeux satisfaits cet heureux mariage
M'enchaîner à Lilie aussi belle que sage !!...

Mais c'est plus fort que moi, puis-je dompter l'amour?
Oh! mon père, consens, ou tue moi dans ce jour!!

(*Comme frappé d'une vision.*)

Ah! Roussel! ah! je vois ton ombre menaçante
Qui vient pour affermir ma raison chancelante!!

LILIE.

Vous me glacez d'effroi, je demeure interdite;...
Expliquez-moi, Toupet, cette terreur subite.

TOUPET.

Je vais vous contenter : de ses brillans rayons
Le soleil a six fois éclairer nos régions,
Depuis que mon papa... du moins se disant l'être,
A quitté la maison et m'a laissé le maître.

LILIE.

Vous plaisantez, Coco?...

TOUPET.

Un semblable sujet
D'une farce en ce jour ne serait pas l'objet.
Dans ce doute cruel sur le sort de mon père,
Je dois donc, en bon fils, avoir quelque lumière.
A mon apprentissage il faut encore un an
Pour pouvoir remplacer ce valeureux *merlan*.
De ses ciseaux tranchans si la parque homicide
A terminé les jours de ce nouvel Alcide,
Nous gémirons tous deux sur ce triste trépas,
Et si vous le voulez, nous irons à grands pas
Dans des pays lointains, même au fonds de l'Afrique,
D'artistes perruquiers ouvrir une boutique!!

LILIE.,

Croyez, Coco-Toupet, que toujours près de vous
Le sort le plus affreux me paraîtra trop doux.

SCÈNE 3me.

(*Les précédens,*) BARBEROUSSE.

BARBEROUSSE.

Papillotte, seigneur, en ces lieux va se rendre,
Elle veut, m'a-t-ell' dit, vous voir et vous entendre.

TOUPET.

Dis lui que je l'attends. Après, fais mon paquet,
Et que pour mon départ à l'instant tout soit prêt.

BARBEROUSSE.

Dans ce paquet, seigneur, que faut-il que je mette?

TOUPET.

Mes rasoirs et mon cuir z'avec ma savonnette,
Mon habit gris poudré, mes bottes, mes gilets,
Du linge et cœtera....

BARBEROUSSE, *à part.*

J'mettrai vos faux-mollets.

(*Barberousse rentre dans la boutique.*)

SCÈNE 4me.

LILIE , TOUPET.

TOUPET (*A lui-même.*)

Que peut donc me vouloir c'te cruelle marâtre,
Dont envers moi le cœur est plus dur que du plâtre ;
N'importe, voyons-la. Elle est capable, helas !
De faire à mon papa.... ce qui n'le chauss'rait pas.
Elle pourrait très-bien, la gaillarde est luronne,
Lui faire à son retour présent d'une couronne.

(*A Lilie*)

Bientôt, ô mon bijou, bientôt tout aux amours!

LILIE.

A toi, mon petit chat, ta Lilie pour toujours!

TOUPET.

Mets ta main sur mon cœur..c'est vraiment un cœur d'homme.

LILIE.

O ciel! comme il est gros!

TOUPET, (*Fouillant dans sa poche de côté,*)

C'est vrai, c'est une pomme !
Je l'avais oublié, prends en donc la moitié,
Tu ne peux me r'fuser c'te preuve d'amitié.
Ah! mon Dieu! qu'elle est dure... Ah! enfin m'y v'là... L'sage
Dit qu'une poir' pour la soif est fort bonne en voyage.

(*Fouillant dans toutes ses poches.*)

Attends encore un peu... fesons nos provisions :
J'ai là du pain-d'épice... et là des cornichons,...
Dix-huit livres dix sous pour notre heureux voyage...
Là, j'ai du saucisson... et puis du bon fromage...
Là du parfait-amour, et de fameux beignets,
Enfin sous mon chapeau z'un canard aux navets;
En v'là plus qu'y n'en faut pour aller en Afrique,
Et nous pouvons maint'nant nous moquer d'la boutique !

LILIE.

Les instans sont précieux... adieu, séparons nous,
Convenons promptement du lieu du rendez -vous.

TOUPET.

Dans une heur' d'sus le pont, si vous voulez m'attendre...

LILIE.

Il suffit, cher amant, je promets de m'y rendre.

SCÈNE 5ᵐᵉ.

TOUPET (*Seul.*)

Allons, allons, Coco, grâce au ciel, ça va bien,

Et dans une heur' d'ici je ne craindrai plus rien.

(*Il tire un rasoir de son gousset.*)

Oui, tu seras à moi, mon astre, ô ma Lilie!
Ou cet acier tranchant terminera ma vie.
Pour se pouvoir soustraire à son sort rigoureux
Que se couper la gorge est un moyen heureux!
Papillotte s'avance... ayons soin, pour la frime,
De cacher les projets de ce cœur magnanime.

SCÈNE 6me.

TOUPET, PAPILLOTTE.

PAPILLOTTE.

Un propos bien godiche est venu jusqu'à moi,
J'vous l'avouerai pourtant, il m'a glacé d'l'effroi.
On dit que vous voulez, pour chercher votre père,
Laisser là la boutique et votre belle-mère;
On dit que votre amour, pour un indigne objet,
Vous dessèche sur pied et vous ronge en secret.

TOUPET.

Je suis majeur, madame, et le joug de l'enfance
Sur mon individu n'étend plus sa puissance.
Je m'embête ici-bas, je n'suis plus un gamin,
Et je suis assez grand pour faire tout seul mon c'hemin.
Mon premier d'voir, pourtant, c'est de r'trouver mon père,
Et j'veux dès aujourd'hui, m'occuper de c't'affaire;
Mais quant à mon amour, je m'passe de permission.....

PAPILLOTTE.

Ce discours se comprend sans explication.
Voilà donc tout le prix de ma flamme infernale,
Toupet, l'ingrat Toupet, m'oppose une rivale.

TOUPET.

O ciel! qu'avez-vous dit?

PAPILLOTTE.

Que d'puis plus d'six mois
T'es la cause, Coco, que je n'mange ni je n'bois !
Je me meurs chaque jour, à p'tit feu je m'consume ;
Mon cœur est un fourneau que ta froideur alume.
Mes œillades, hélas ! mes serremens de mains
A l'écart de Roussel ont donc tous été vains...
Par pitié, cher Toupet, toi seul que j'idolâtre,
En moi vois une amante et non une marâtre.
Ton ton, ton teint, tes traits, tout en toi me charmait,
Et d'ton carquois vainqueur tu m'décochas un trait !!!

TOUPET.

O honte ! ô crime affreux ! ô pudeur immodeste !
Je sens que je frissonne à l'ombre de l'inceste !
Opprobre et damnation ! Madame, oubliez-vous
Que Roussel et mon père et qu'il est votre époux ?

PAPILLOTTE.

A le trahir, ingrat, c'est toi seul qui m'engages,
Roussel, jamais sans toi n'aurait reçu d'outrages.
A lui faire des traits je n'pensais ma foi guère,
Si tes deux yeux aux miens n'avaient pas fait la guerre ;
Roussel n'en a plus qu'un, encore qui n'voit pas bien,
Puis i'm'néglige un peu... mais ça n'me fait plus rien.
J'ai r'trouvé dans son fils, j'ai retrouvé mon homme
C'qu'il était autrefois... à présent i's'dégomme....
Coco, t'es c'qu'il était y a quinze ou vingt ans,
T'as son port et sa grâce et ses yeux si brillans !
Qu'il était bien alors, qu'sa démarche était belle !
Et puisqu'en toi, Toupet, tout ici me l'rappelle,
Puis-je donc résister au charme séducteur,
Hélas ! que fait sur moi ton aspect enchanteur !

TOUPET.

C'est trop vous écouter, croyez que par la suite,
Les dieux, les justes dieux sauront votre conduite,
Et de Roussel, madame, ils puniront l'affront
Qu'envain vous espériez faire à son noble front !!
Je décampe au plus tôt...

PAPILLOTTE (*Le retenant.*)

Arrête, en discours inutile

Je ne veux plus pour toi tant m'échauffer la bile ;
Connais-moi donc, ingrat, puisque de mes appas,
De mes transports jaloux, tu fais si peu de cas...
Redoute Papillotte. A ma juste colère,
A ma vengeance ici rien ne te peut soustraire,

(Elle tire une paire de ciseaux de sa poche.)

Dans ton cœur dédaigneux, jusqu'au coude enfoncé,
Mon bras n'en sortira que tout ensanglanté.

TOUPET *(Effrayé.)*

Au secours ! au secours ! allons, pas de bêtises.

PAPILLOTTE (*Le poursuivant.*)

D'la vengeance et d'l'amour, v'là que j'suis dans les crises.

(Roussel paraît, un bandeau sur l'œil.)

SCÈNE 7me.

TOUPET, PAPILLOTTE, ROUSSEL.

Dieu ! que vois-je ? arrêtez... mes yeux, me trompez-vous ?
On s'égorge en ces lieux.

PAPILLOTTE , (*En appercevant Roussel, elle laisse
tomber les ciseaux de ses mains.*)

O ciel ! c'est mon époux !

TOUPET.

C'est papa ! quel bonheur ! ah ! d'une mort cruelle,
Je puis dire, à coup sûr, que je l'échappe belle.

ROUSSEL.

Madame, apprenez-moi le mécontentement
Qu'il vous avait causé pour un tel châtiment,
Et croyez-bien, chouchou, quoiqu'il dise ou qu'il fasse,
Que s'il vous a manqué sur le champ je le chasse.

PAPILLOTTE.

Il voulait me séduire, il osait m'en conter ;
Toupet, votre Toupet, cherchait à vous coiffer ;
Il voulait m'enlever !

ROUSSEL.

O ciel ! est-il possible ?

PAPILLOTTE, (*A part.*)

Coco va la gober.

ROUSSEL.

O coup par trop sensible !
Pensais-je ce matin qu'à mon retour, ce soir,
Je serais par mon fils réduit au désespoir !
Ce petit polisson que je croyais si sage...
Traître, que diras-tu pour appaiser ma rage ?

TOUPET.

D'une colle si forte, encor tout étonné,
J'vous r'garde comme un s'rin et j'suis tout hébété.
O Dieu ! qui m'écoutez, confondez l'imposture !!.

ROUSSEL.

A ton crime, insolent, ne joins pas le parjure.
Ou crains que mon bâton qu'sur ton dos j'peux casser,
T'apprenne, petit drôle, à m'en vouloir donner.

TOUPET.

Non, rien dans l'univers, non, rien dans la nature
N'enfantera jamais une trame si dure !
De votre honneur, papa, j'ai fait toujours grand cas.
Ah ! si j'voulais parler... mais non, je n'le dois pas.
Un temps viendra peut être où vous pourrez connaître
Qui des deux vous trompait, et si j'étais un traître !
Si je l'avais voulu... vous seriez... Coco... quoi !
Que dis-tu ?.. tais toi donc, et vite éloigne toi.
Oui, soyons généreux, et près de ma Lilie
Oublions les chagrins dont mon ame est remplie.

ROUSSEL.

Ote-toi de mes yeux, car je ne voudrais pas
Que mon bras courroucé te donnât le trépas...

TOUPET.

Si vous m'cassiez un bras, je vous l'dis sans défaite,
La jambe d'mon papa n'en serait pas mieux faite.

ROUSSEL.

Tu n'est qu'un galopin, va, sors de la maison.
Et reçois pour adieux ma malédiction....

TOUPET, (*S'éloignant*).

Ne criez pas si fort, calmez votre colère.

(*Il revient à son père, s'agenouille, et cherche encore à le
    fléchir, mais Roussel lui montre son chemin d'un bras
    menaçant.*)

Dieu! Roussel vit encore, et je n'ai plus de père!!!

SCÈNE 8ᵐᵉ.

Les mêmes, excepté Coco-Toupet.

ROUSSEL.

Vous m'avez sur son compte enfin désabusé,
Et, j'en rends grâce au ciel, Toupet est défrisé.

PAPILLOTTE.

(A part.)   (Haut.)
O remords déchirans ! Pardon si je vous quitte,
Mais il me faut, seigneur, écumer la marmite.
Vous êtes fatigué, vous paraissez bien las,
Je crois qu'un bon bouillon ne vous déplaira pas.

ROUSSEL.

A ce doux procédé dont je vous remercie,
Veuillez-donc, s'il-vous-plait, ma cocotte chérie,
Avoir encor celui d'ajouter un flacon
Que'javal'rai très-bien avec votre bouillon.

SCÈNE 9me.

ROUSSEL, (*seul.*)

Quel funeste présent que celui de la vie !
Qu'est ce monde à mes yeux ? une mer en furie !
L'homme est comme un vaisseau qui, d'écueil en écueil,
Arrive jusqu'au port pour trouver son cercueil.
Non, je ne prétends pas, par ce léger murmure,
D'un langage offensant emprunter la tournure ;
Mais vous, qui m'accablez de tant d'événemens,
Dieux justes, mettrez-vous un terme à mes tourmens ?
La Titus, mon ami, dans son ardente flamme,
Du fameux Ramponneau voulait ravir la femme,
Je servais à regret ses complots amoureux ;
Mais un coquin de sort nous éborgnait tous deux !
Le traiteur nous surprit sans défense et sans armes.
Je t'ai vu, La Titus, triste objet de mes larmes !
Livré par ce barbare à des énormes chiens,
Qu'il nourrit des restans des repas des humains.
Moi même il m'a plongé dans des caves humides,
Où, pour combler mes maux, les tonneaux étaient vides !
Enfin après six jours, quoique très-bien gardé,
Par un noir soupirail je me suis évadé ;
Et quand je reviens dans ma chère patrie,
Coco-Toupet, mon fils, ô malheur de ma vie !...
Lui que j'aimais pourtant !... le perfide en voulait
A l'honneur de son père, et l'ingrat me ferait....

SCÈNE 10me.

ROUSSEL, BARBEROUSSE (*Tout couvert de boue et le visage tout barbouillé.*)

ROUSSEL.

Barberousse, est-ce toi ?.. quel sinistre nuage
Obscurcit ta figure et couvre ton visage ?
A mon coupable fils, objet de mes douleurs,
Serait-il arrivé déjà quelques malheurs ?

BARBEROUSSE, (*Se débarbouillant avec son mouchoir.*)

J'ai vu, j'ai vu, seigneur, à son heure dernière,

L'infortuné Toupet terminer sa carrière ! ..
C'en est fait, il n'est plus !

ROUSSEL.

O ciel ! que me dis-tu ?

Explique-toi, mon vieux.

BARBEROUSSE.

Accident imprévu !
Malheur épouvantable ! il est mort victime !...
L'incestueux amour triomphe de son crime !!

ROUSSEL.

Tu me fais frissonner, et je sens sur mon front....
Mais parle donc, butor,.. fais qu'ça n'soit pas trop long !

BARBEROUSSE.

Enfin voilà c'que c'est : c'est une histoire cruelle !
A peine nous touchions le pont de la Tournelle,
Sur mon bras appuyé, Toupet toujours rêvant,
Abandonnait sa tête au caprice du vent ;
Mais bientôt il s'écrie, apercevant Lilic :
« Objet consolateur, seul soutien de ma vie,
« Fuyons loin de ces lieux où mon père abusé
« Sans me donner un sou sans pitié m'a chassé !

ROUSSEL.

Qu'elle est cette Lilic ?

BARBEROUSSE.

Une jeune orpheline,
Ravaudeuse d'vieux bas, au coin d'la rue d'l Oursine.
Coco n'osait avouer cet amour innocent,
Retenu par la haine et le ressentiment,
Qu'à défunt Dutonneau, depuis cette calotte,
Vous jurâtes, seigneur, ainsi que Papillote.

ROUSSEL.

Je commence à comprendre et je comprendrai mieux

Quand tu m'auras tout dit... achève donc, mon vieux.

BARBEROUSSE.

Alléché par l'odeur de c'qu'était dans sa poche
V'là qu'un énorme chien le flaire et s'en approche ..
Coco veut l'esquiver ; mais le dogue affamé
Se jette sur sa proie et de son croc damné ,
Emporte les morceaux d'son habit , d'sa culotte,
L'fait culbuter bientôt au milieu de la crotte.
Et v'là qu'au même instant, L'omnibus au complet,
Vient à fondre sur nous et rouler sur Toupet !!
Triste objet où des Dieux triomphe la colère ,
Et que méconnaîtrait l'œil même de son père !!!

ROUSSEL (*accablé.*)

Barberousse, est-ce toi ? j'n'en suis pas ben sur... car
En t'écoutant, mon vieux, j'ai cru qu'javais l'cauch'mar.
Quoi! mon Coco , mon fils! il a perdu la vie!!!

BARBEROUSSE.

Je vois v'nir à pas lents sa mortelle ennemie.

ROUSSEL.

Ma femme l'accusait... quel horrible soupçon !
Ne serait-ce en effet qu'un plat de sa façon ?
J'avais maudis mon fils .. père ou non... j'lui pardonne !..
Qu'en dis tu , mon garçon ?

BARBEROUSSE.

C'est d'un'honnêt'personne.
Oui, c'est un bien beau trait! L'on dira comme avant
Que le cadet Roussel est un bien bon enfant !!

ROUSSEL.

De m'l'avoir tant noirci, ma fem's'rait-ell' capable ?
S'il était innocent !...

BARBEROUSSE.

Il n'était point coupable !

ROUSSEL.

C'est fort bien raisonner. Ah ! j'y perds mon latin !..
Et je crois que ma femme m'en contait ce matin !

SCÈNE 11ᵉ.

Les précédens, PAPILLOTTE.

PAPILLOTTE (*échevelée, pâle et ses vêtemens en désordre.*)

Roussel , je suis un monstre à moi–même exécrable ;
Mais ton fils est vengé... vengé par la coupable !
Brûlant de me purger de cet odieux forfait,
J'ai pris sans y goûter... j'ai pris tout d'un seul trait...
Dans un seul verre d'eau... vingt-cinq grains d'émétique...
Qui font dans tout mon corps un effet diabolique !...
Adieu, Roussel, adieu, la mort vient, et je vais
A l'innocent Toupet me rejoindre à jamais.

(*Elle tombe et meurt.*)

ROUSSEL (*pleurant.*)

Privé de tous les miens en un jour si funeste ,
Je d'vrais les suivre aussi... mais, ma foi, non !... je reste.
Pour oublier ma peine, allons chez l'marchand d'vin,
Et restons-y, mon vieux, jusqu'à demain matin.

BARBEROUSSE.

Aussi je l'disais ben, il faut qu'tout ça finisse !

(*Offrant une prise de tabac au souffleur.*)

En usez-vous, souffleur ?

LE SOUFFLEUR (*éternuant.*)

Ah !tchut !

BARBEROUSSE.

Dieu vous bénisse !!

FIN.

www.ingramcontent.com/pod-product-compliance
Lightning Source LLC
LaVergne TN
LVHW010054060726
842524LV00006B/2204